沐青◎著

如沐春风

哈尔滨出版社
HARBIN PUBLISHING HOUSE

图书在版编目（CIP）数据

如沐春风 / 沐青著. — 哈尔滨 : 哈尔滨出版社,
2022.4
ISBN 978-7-5484-6437-2

Ⅰ.①如… Ⅱ.①沐… Ⅲ.①诗集－中国－当代
Ⅳ.①I227

中国版本图书馆CIP数据核字(2022)第032950号

书　　名：**如沐春风**
RU MU CHUNFENG

作　　者：沐　青　著
责任编辑：韩伟锋
封面设计：罗佳丽

出版发行：哈尔滨出版社（Harbin Publishing House）
社　　址：哈尔滨市香坊区泰山路82-9号　　邮编：150090
经　　销：全国新华书店
印　　刷：廊坊市伍福印刷有限公司
网　　址：www.hrbcbs.com
E-mail：hrbcbs@yeah.net
编辑版权热线：（0451）87900271　87900272
销售热线：（0451）87900201　87900203

开　本：880mm×1230mm　1/32　印张：8.25　字数：109千字
版　次：2022年4月第1版
印　次：2022年4月第1次印刷
书　号：ISBN 978-7-5484-6437-2
定　价：68.00元

凡购本社图书发现印装错误，请与本社印制部联系调换。
服务热线：（0451）87900279

序一　他讲述我们中心的那份孤独

——沐青诗的抒情或表白

刘阶耳

　　诗人沐青结集的百余篇诗作中，诗人短暂的军旅生活得以回眸的的确为数不多，我却格外看好。当感情消费一味地托大、变为同质化廉价的时尚时，对成长的过往毫不隐讳的表白，正所谓晴空一鹤，云淡天高，触及"修辞立其诚"等诸多抒情伦理交涉的环节，需要诚恳地对待。当年月夜哨所撩拨的那份温情，当下或以"老兵"自居的那份豪兴，固然不曾固守同样具有军旅背景的公刘、李瑛、白桦等前辈诗人为"战士"的情怀所创设的抒情胜景，可其抒情的严肃面向，毋宁再重申这样的成长感念：

青春在绿色中拔节
军魂在拔节中茁壮

　　铮铮誓言，恍若李云龙"亮剑"的铿锵精神在传递。如果讲这果真属于诗人人生"最美的遇见"，诗人继而为"文学怒放的地方"诉诸的那过分完美的坚守，诚如持论阐扬"兴观群怨"的王夫之所云"始而欲得其欢，已而称颂之，终乃有所求焉"，也可谓是一脉相承，仿佛先后相互约定好了似的。

溯自月夜哨所，适彼"文学怒放的地方"，对于诗人沐青而言，无论"一粒芝麻""三寸光阴""奶奶的钱包"，还是"藏在面具里的灵魂""皈依""美丽的窗口"，总归任其随"变奏的心灵"泳游自恣，然又不甘与"时光的欲望"互宅其藏，从而趑趄蹢躅。举其大端而言之，见于《他的诗歌》的首节如是的表白：

激越的，总易过去
俗套的，瞬间淡忘
他，娓娓道来的文字
没有炫目的光焰
却能从情感的闸口
以缓流的姿态
流经弯弯山道
流经田地山岗

无疑于诗人对待抒情的"自供状"，宜就三个方面来发挥：

首先，诗人惯于感情回眸的，或者说，具体对象化的感情被托举且适于喁喁私语展开的"自我"潜对话的交流平台，莫非充分本土化、乡土化了。那云峰宝塔（每当艳阳高照／碧空万里的晌午／我都会跳进河里洗澡／那条状的白云是我的澡巾／晃动的波光），那雪峰之春（"清纯的故乡／清纯在童提时代／当故乡变得沉重／岁月难以支撑／一个时代／便压进了土里"），那蓼河的一江柔情（"当秋风吹红水蓼／稻穗染黄秋梦"），那马皇岭上的愁云（"瓦灰色的天空／瓦灰色的朦胧／瓦灰色的山水／瓦灰色的冬季"），那父亲支好的炭火、母亲烤着的香糍：

总有一种情愫渴望摇曳
总有一种风情需要张扬
开在诗人心坎的花朵
能从口中抽出花枝长出芬芳

这是因为

那里的土地有热度
那里的人们很熟悉

抑或
心头全是故乡
痛失所有版图

这个"手握炊烟写乡愁的人"啊！不惮已然破碎的"乡愁"，凡其神会，自信满满；至若意兴，波回绿转。于乐景写哀情中，胜似风吹稻浪，心揣梦想，"有一口直述，绝无含蓄转折"（见施闰章《蠖斋诗话》），诗人爆棚的情感仿佛"核弹"启动的装置恰恰卡在"倒计时"之际，即使揆诸（譬如）艾青"忧郁"的意兴泄露，昌耀"奇峭"的神会勃郁，也不致示怯！

——以上显然针对诗人自诩的"感情的闸口"先行辩护的，接下来如果回到彰显该感情的那些"娓娓道来的文字"层面，又该如何对待呢？毕竟"曲折尽意"与"喷薄宣情"（见钱钟书《谈艺录》）话语裁决有其离形得似的可辨识度在调节；一味地取其相近或相异，夸大其词，反而不利于诗的丰华的贴切体会。

譬如诗人也是善于经营形制阔大的（所谓的）"组诗""长诗"

的。前者有《秋色》（58行）、《秋日情愁》（77行），后者
依次为：《一板橹桨渡中国》（40行）、《快乐高考》（44行）、
《军装》（44行）、《最美的遇见》（49行）、《大道光明》（87
行）、《云峰宝塔》（99行），等等。其中《秋色》、《秋日情
愁》与《云峰宝塔》尤其酣畅，接近艾青、昌耀同类形制的抒情
巨献。其余者，又似两极分化，多数似"政治抒情诗"表白的规制，
豪兴喷薄；唯《快乐高考》例外，吞吐着生活美好的祝愿。对此，
我们又将如何对待呢？

很显然，从生活美好祝愿的方面讲，它之于"愿望"与"期待"
总归适于"信念"的合理呈示，否则维特根斯坦、胡塞尔"日常生活"
转向的俗世将不致得以恰切的统一。作为一种"生活形式"的抒情，
如果不再耽溺于海德格尔"诗意栖居"天启般的恩宠，继续自欺
欺人的话，或素朴或感伤的生活徜徉、穿越，将意味着这闲暇的
存在的当下，不复是自明性的主体有所"自我发现"的谵妄、蹭
蹬、被规训。后现代的自我所以安于"欲望"的喧嚣，结果返归"赤
裸生命"（阿甘本意义上的）丛林依托的进化的起始点上，则又
是始料未及的。抒情与伦理的深层关联，与其像康德那样诉诸普
遍秩序原则从而与"不朽"之类的观念暗渡款曲，毋宁就自我的
关注上分享"生活的世界"所寄予的感性丰盈的回报。（无论马
尔库塞还是李泽厚相继会饮的所谓的"新感性"，俨然为"欲望"
的、"传统"的新旧规训留下合理的地盘，则是后话，不足道哉！）

还是继续前述的话题吧。

总之对于诗人沐青而言，他所酣畅的抒情施为，唯其见乎本
土的风物、习俗地拉开了"距离"的内省或敞视，有所期待的"信
念"所以统摄的那不免怅怅的戏剧性，不亚于"素朴"的快意认领。
同理，那些豪兴喷薄的抒情诗风，即便一而再地在做观念性的推

演，也是由径直可直观的人生实际为中介，从而辗转呵护着那益于召唤的但是缺失的感伤的生活"大地"。假如以诗人相应的诗句来比拟，前者酣畅的实效，犹同"生产着负氧离子"，后者喷薄的愿景，则"加工成高分贝的音乐"。合而观之，它们何啻于"尾动着肆无忌惮的欢欣"？那鲜衣怒马雕刻的尊严，那灶眼里冒烟的愁情，那都市的天空，那枝头的鸟鸣……如果可能具名的话，也无非使之

> 悠闲的姿态、线性的轨迹
> 足可成就河滩的个性
>
> 毕竟
>
> 平常的日子就是一种奢侈
> 在秋夜的凉风里沙沙作响

相形之下，20行左右抒情、表白形制尤其常见。上述诗人的感情"长卷"终于翻越之后，最后集中审视的话题势必将顺畅得多。

请看以下两篇文本：

> 啤酒的杯光
> 晃动着琥珀的原色
> 月光的清辉里
> 斑斓着竹影的羞涩
> 这凉风习习的夜晚
> 我的心中怀揣着一朵彩云

接下来的日子全是天晴

今夜

我不想告诉任何人

——《今夜》

今夜

秋风报着信儿

秋雨沙沙作响

勒杜鹃沾满雨露

老榕树的叶子

闪着激动的泪光

今夜

黄莺出谷，游鱼出听

鼓乐齐鸣，弦歌绕梁

在万众欢腾的交响里

月亮，探出头来

茅洲河，泛起春潮

红花山头，山花怒放

——《喜讯》

　　大体上讲，上一篇的"诗题"进入下一篇，被作为叠唱、启兴的语句，蛮有趣，足见诗人一意回旋、善腾挪的手段。而从"有我""无我"显见的差别上看，《喜讯》交付给视／听穿插的咏叹，欢实，热闹，一改"秋风秋雨愁煞人"的曲调，有新意，可也是极含蓄。注意到先后两节不但行数故意错开，失衡，而且各个指涉的季节时令迥非一律——春秋代序的自然规律俨然无视，废弛了，秋后是春，影像叠加，其知觉幻化、变形的交付趋势该另行面对了。该诗"喷薄显情"不假，可要做到即物达情、"曲折尽意"，一定的别扭的反向对接的修辞定力若良以为是，还亟待锤炼。

"周旋唯我久，怀抱向谁深？"

《今夜》自第四行"斑斓着竹影的羞涩"所动用的"矛盾"修辞始，舒缓的节奏便紧张了起来。"凉风习习"之沁入，"一朵彩云"之植入，由表及里，自下而上，知觉蠢动，无疑于再生着灵妙幽旷的诉求"空间"。

第七句犹如心灵絮语的"旁白"，仿佛祈愿，实际上却是将孤栖忆远之慨，以极其平常的语式托出，包举自宏，夭矫连蜷。所以对于"接下来的日子全是天晴"一句具体而言，它，既是未来可期的欣慰揣想，也是"今夜"适逢晴朗的时令气候的旁敲侧击，更是对过往持久的室闷的不爽的郁集的一吐为快。然而，一句当中隐伏的多层义，终究不愿点破（"我不想告诉任何人"），则又别开生面了。

文本的结尾，于是贯通着多重含蕴的纠结：是长夜漫漫，则喜达行在；或全然孤独，但喜不自禁。"曲折尽意"时步步为营之胸次，红炉点雪之襟宇，一旦释然，那"喷薄显情"的毅力自然可叹可点，习见的长歌当哭的悲慨风流不正是因此而不绝如缕吗？

不消说，诗人沐青骎骎其前的内省、观察力，之于我们衰减的知觉的再塑造饶有重申之必要。假如它属于较高层次的精神会通，那也无非是（借助史蒂文斯的话来讲——转自哈罗德·布鲁姆《诗人与诗歌》相应的引述）"通过智力与其在何处看以及看到什么合一；通过以多种形式对事物途径和环路的分享，使其对他物呈现一种半透明的状态"。面对诗人渐入佳境的抒情、表白，我们该如何应对呢？

……所有的诗人都只对某一类人表达，就那种天性的本质而言（它似乎相当于一种天性），那应该是一位精英，不是一个庸妇而是一位女预言家，他不是去商会兜售自己而是走进一家自己的画廊，假如他能有足够多的作品挂在那里的话。那精英假如对诗人有所回应，不是出于礼貌殷勤，而是因为诗人激活了他，从其身上引发出他在自己生命中寻找而一直尚未真正找到的东西，随后他会为这位诗人去做他本身无法做到的事，那就是，接受诗人的诗。（出处同前）

2021 年 11 月 3 日

（刘阶耳，山西临猗人，1986 年毕业于南开大学。）

序二 致敬奋斗者

许坤崇

数千年来，诗歌是我们中华民族源远流长的文学明珠，也是圣贤相继、德慧相承的文化经典。它启迪我们智慧，美化我们心灵，悠远的历史长河里，诗人将诗词诗歌之美尽显在日常的风、雅、颂中，令人流连忘返。

现代诗人沐青的诗歌文集，横跨时空二十七年，其间我和他亦结识谋事二十七载。从湖南到深圳，从学子到军人，从军人到儒商，其诗人之情怀之文采尽在《如沐春风》文集中，诗人以优雅的姿态、线性的轨迹、细腻的心灵、细致的笔锋，刻写出感心动怀的精彩，讲述着普罗大众核心的那份孤独，予人精神的洗礼、情操的淘冶、正能量之传递。

诗歌文集分为数个专辑，每一辑的诗歌汇集，呈现了诗人独具的物感，将大自然万物视为与人同体，在写人的情感时，艺术地幻化为大自然景物，情景交融，情景与共，婉约地透过物事曲折传达自己的个性化感情，与他人与当下的这个时代产生强烈共鸣。《如沐春风》确乃现代诗文中难得一读而又值得用心品读赏鉴的倾情之作。

今日现代化的生活节奏，越来越快，新知识、新资讯、新思维，蜂拥冲击而来，人们耗众多精力，应对瞬息万变、日新月异之时代巨变，不安的心灵，躁动的情感，往往难找到可以依托的心灵港湾，很难寻一份宁静，心如止水般蓄养个体精神。诗人沐青作为一线奋斗者亦身在其中身受同感，然而他在深圳奋斗之余闲暇之机，沥数年心血而作的诗歌文集，确能让我们放慢脚步，宁心静气，品一方意境，赏心灵之善之美之真，确能让一线都市千万级外来城市建设者，找寻到当初告别弯弯山路告别父老乡亲矢志奋发的那份幽伤，在城市的拐角处栉风沐雨的那份闯劲。

奋斗中的你、追梦的我、用青春和汗水打拼的他，一直追求理想而又总是不可及。失落了！暗沉了！受伤了！在《如沐春风》的《一朵小花》里，诗人仿若知道我们心灵的暗伤，以诗的言语、不屈的灵魂，疗养失落，提振精神：

凌寒的情绪里
一朵小花
绽开她心底的生机
黑暗弥漫的自我
小花的容颜
能愈合所有的伤
如果再有微风
再有阳光
摇曳着的
何止一个春天

……历经坎坷，历经一路泥泞，开在诗人心坎上的花朵，何止一个柳暗花明的春天。

又如《望春》诗篇：

透过舷窗望春
春在地上
我在天上
隔着车窗望春
春在路上
我在车上

蹲在坟前
春爬在草尖上
父亲躺在草堆里
我微闭双眼
父亲走进心里
春天一片漆黑

诸如此类的篇篇佳作，因纸短情长不胜枚举，它们总能叩击我们的心灵，冲闯我们的情怀，幽伤之时又心生与命运叫板的力量。这不正是一个时代奋斗者该有的际遇、该有的情怀、该有的精神和斗志吗？！

作者本身就是一个外来城市建设者，一个自强不息的奋斗者，1994年来到珠三角，来到深圳，从最基层做起，历任公司基层职员、行政课长、管理部经理，直至董事长特别助理、公司副总、企业领军人才，历二十七年风雨，跌跌撞撞，一路成长，多少汗水湿透衣背，多少幽伤藏于心间，几多愁绪辗转于不眠之夜，他卓有建树的工作成就和文学成就里，藏有常人难以企及的坚守、感心动怀的泪光。他曲折的人生奋斗故事，本身构成一首诗。正如《奖杯》其诗：

故事，栉风沐雨里
穿透阳光
心灵，煎熬的阵痛里
辗转着不眠的夜晚

我把整颗心整个人
都交给了这座城市
来时，弯弯山道
印记着走出乡关的誓言
城市的闪烁霓虹
晃过曾经的愁容

喜悦，春风拂面
渗透离愁的心思
花红的日子
高兴得踩碎一地月光

我手举的这尊奖杯啊
鲜花之上
滴流着吧嗒吧嗒的泪水
此刻音乐响起
掌声雷鸣
少年，致敬的队手礼
高高地举过头顶

承蒙诗人沐青盛邀为其《如沐春风》写序，至感荣幸！虽不能表达其中万分之一，但也有幸撰其一、二表达敬意，诚邀广大读者细细品味，从诗里行间领略璀璨之光，赏其独特的文学之美！

诗歌乃文学明珠，其创作如同治玉，需切磋琢磨，期盼各方文人雅士、同好君子雅鉴，鼓励共赏，更祈盼沐青诗人有更多的好诗佳作继续推出，分享广大同好。

2021 年 10 月 14 日

目 录
CONTENTS

辑一 如沐春风

辑二　秋风拂开季节的额头

辑五　当车轮旋过一堤光影

后　记

一

如沐春风

年

年的拐角处

落满风霜

火苗的升腾

最多能煮沸一夜的渴望

他们都很守规矩

他们都走不出规矩

就这么年复一年

愁情在灶眼里冒着烟

颧骨在火光中高了两公分

归

飞机，高铁
大巴，顺风车，都可归
他选择后者
后者，更贴近他身份
何况还能坐出一份无从考证的高贵

高贵，只是一个向往的富词
宽阔的上限和下限
归，既然定了
那也得在高贵的气场里
巡视故乡的野草
敬重久别的山水

那缕阳光

那一缕金黄的阳光
总是射在那间怀满初心的房
几十年了
位置未变亮度未变

可是，他变了
老道了，圆滑了
富贵了
举重若轻了

踏进那间房
重逢那缕阳光时
眉宇一皱
记忆唤醒了今天

一朵小花

凌寒的情绪里

一朵小花

绽开她心底的生机

黑暗弥漫的自我

小花的容颜

能愈合所有的伤

如果再有微风

再有阳光

摇曳着的

何止一个春天

开在诗人心坎上的花朵

总有一种情愫渴望摇曳
总有一种风情需要张扬
开在诗人心坎的花朵
能从口中抽出花枝长出芬芳

那绽开的花瓣
抖露诗人的心思
心壁上的诗行
在清新的阳光里纵情飘荡

诗人的心坎长着花儿
就算貌不惊人，就算穷困潦倒
也能让你春风得意
在和风暖阳里
嗅到诱人的玫瑰花香

北京啊北京

北京啊北京
我又要去看您了
上次看您的时候
那是十年前的事情
那里开了场盛大的奥运
到处是"北京欢迎您"

今年，盛大阅兵后
机缘巧合，我又要去看您了
心里涌动着还未过期的激情
十年过了
我身板没那么挺了
眼光没那么亮了
胆气也没那么足了
可是，北京您更加高大上了

当我怯懦地站在您肩头
您会不会将我抖落

抖落也不算啥
只要我还能爬起
我一定纵身一跃
大拇指朝天
夸张的笑脸刷爆朋友圈

北京啊北京
我从南海之滨
怀揣着《春天的故事》
手捧着簕杜鹃
裹满大湾区的生机
下周三去看您

音乐在琴键上流淌

手指在琴键上跳舞
音乐在琴键上流淌

我把这幸福时代
弹出一朵花来
缤纷旋律
嗅出沁人的芬芳

河堤晃动的绿荫
姑娘翻飞的裙装
水上道道柔波
还有，一望无际的稻浪
醉在粉红黄昏
奔放的夏季

我的情在跳跃
我的心想歌唱
就让这半腔柔情

奏起乐章

在耳畔在琴键

欢快地

欢快地流淌

心在流浪

心，牵扯着过往
魂，在街上流浪
熟悉的灯火，很近
故事，泛着泪光

昨天，已交给从前
明天，嗅不到芬芳
霓虹闪烁处
谁能想到晨风旷野
痛彻心扉时
才念起秋风明月

一只苹果
能嚼出淡然的幸福
却体悟不出
曾经的放荡
当晚霞血色般嫣红
方能定夺明日的朝阳

我怎样想，你哪里知道
我想怎样，你肯定知道
知道了，又能怎样
夜风里，心还在流浪

故 事

时间的缝隙藏着疼痛的汗珠
故事沉重，能压弯岁月
夜半歌声里
花朵在心坎上摇曳
心，被无数支利箭射中
沥出殷红殷红的血
世界已摇摇晃晃
一朵不起眼的黄花
此刻，如此秀美

一片叶子的生机

一片叶子的生机
让我在你的眼睫毛上看到春天
打在窗台上的水滴
心思久逢甘霖

翻书的窸窣声中
我探寻到了岁月的记忆
岁月流金
悸动的心海，泛起涟漪

谁说幸福遥远
感恩的心里
即使满腹惆怅
亦能静享
尘世间不可多得的时光

最痛的倾诉

我真的不想，不想再看下去了
去年 3 月 30 日，31 位战友烈火中永生
今年 3 月 30 日，19 位战友烈火中永生
同样的时间同样的地点同样的事件
同样的生命同样的年轻同样的青春
50 位兄弟走了，时隔就一年，就 365 天
你们走的时候，火光冲天
你们走的时候，春满人间

你们的青春在燃烧
任生命成为一堆堆灰烬
那一缕缕火焰翩翩起舞
成为痛彻人间的倾诉

一个个血气方刚的脸庞
在血染的风采里
在国旗军旗跳跃的红光里
一个一个飘过！飘过！

今夜的绿茵

今夜的绿茵
空荡荡
冷静静
迷人的灯光
为你抹上月色般的土豪金
我在这月光的意蕴里
在今夜无人喝彩的绿茵
蹦跳着自由的心灵

我老想着
连射十球
十球全进
让我在万众欢腾里
星光闪耀
可我这精神的世界杯
就连头顶的灯光
都不承认

为我投下
虚荣的阴影

我学着球星的样子
在今夜的绿茵
奔啊奔
跑呀跑
几个转射
没找到半点荣耀
而那不共戴天的影子
在我的身旁
在我大汗淋漓里
暗暗地讥笑

其实
我的光环并不重要
可我那奔放的灵魂
已经潇洒透顶
在走出今夜绿茵的那刻
将狭长的阴影狠狠地褪尽

希 望

灯，推开黑暗
轮，量着车距
我，掌着方向
歌，嘶哑的曲调
心，还在燃烧

这都三更了
全城的人都已睡觉
我的心
跟着希望
还在高速上奔跑

天哪
我都累成这样了
你还要拿我怎样
你还能拿我怎样

他的诗歌

激越的，总易过去
俗套的，瞬间淡忘
他，娓娓道来的文字
没有炫目的光焰
却能从情感的闸口
以缓流的姿态
流经弯弯山道
流经田地山岗

一路上
我看到浪花朵朵
风疾草劲
蝶谷幽兰
还有乌云压阵
阳光普照大地
我听到
柴块子燃烧的噼啪声

情感冲破樊篱后的雷鸣
我还能听到
半明半暗里
一个从胸口坐起来的诗人
键盘上翩翩起舞的韵律声

睫毛上的春天

路，长长的高速路
摩擦着车轮
磨得漆黑
也磨不出一滴油来

景，扑奔着
挤入眼睛
黑色的眼球里
全是绿油油的风景

100 码的车速
60 分贝的音响
歌声飘落长发
阳光涂满油彩

轮上风光
故乡归程
她，忽闪忽闪的睫毛上
绽开着春天的诗意

一板橹桨渡中国

近望南湖红船
我的心哪
已经走远
脑海里飘过
跟水有关的帧帧画面

湘江之战的血水
四渡赤水的神遣
大渡桥横铁索寒的壮烈
风在吼马在叫
黄河在咆哮的滔天巨浪
钟山风雨起苍黄
百万雄师过大江的浩荡
雄赳赳气昂昂
跨过鸭绿江的义勇
一桥飞架南北
天堑变通途的壮观

小渔村的巨变中
唱响《春天的故事》
九八抗洪中
解放军《为了谁》
汶川大地震
堰塞湖的疏通
还有
辽宁舰的起航
钓鱼岛的巡弋
港珠澳大桥的壮丽

跟水有关的故事
跟船有关
船能行多远
关键在舵手

旧中国
暮霭沉沉
九原板荡
南湖红船
一桨渡中国

新时代

秀水泱泱

山河锦绣

中国巨轮

豪气干云斩碧波

野 草

我愿做

河里的一根水草

嫩嫩的

逐水飘飘

我愿做

岭上的一枝红鹃

艳艳的

分外妖娆

可我这

卑微的生命

不屈的灵魂

活脱脱

像根野草

春风中青绿

秋风中燃烧

一个轮回的荣枯

化为生命的写照

梦想在自在的天空展翅翱翔

椰风里的海韵
城市里的灯光
春光处的明媚
江河滔滔的豪放
每一个盈满喜悦的
日子无比奔放

不要再那么唯唯诺诺了
不要再那么畏畏缩缩了
生活需要拿得起放得下
需要超然处尽享阳光和芬芳
连身体的每一个细胞都想管控的人
只能在深度强迫里
束缚着僵硬的时光
想把每一段友情膨胀为个人欲望的心
只能在频繁的失落里叹念羸弱的气场

那晓风里的一脸清新

晨露里的一粒太阳
花枝颤动的一树芬芳
正是春天的脚步里
奔放着的缕缕生机

走出去的路叫出路
困在心里的难叫困难
坦荡荡的心头常常孕育
花朵的芬芳
于是
梦想在自在的天空展翅翱翔

快乐高考

再远的航行
总会靠码头
再长的路
总会有尽头
我们的
快乐战场
嘿嘿
就在前头

此刻
黎明前的黑暗
黑雾弥漫
别紧张别害怕
挺起身壮起胆
莫回首
我要用
智慧的脑头

聪灵的笔头

在两天时间里

英勇搏杀

以我修行十二年的功力

使出孙子兵法

摆出八卦阵

让那些披着汉文装的匈奴

臣服在我的脚下

让那些刻着洋文刺青的倭寇

倒在我的青锋剑里

让那些嘴念着阿拉伯数字的魔敌

在我的屠龙刀里泣血而灭

最后

我要使出全身法力

拿出降龙十八掌

将丽狮地狸挣雉

这三个妖魔

在文枢高地

打回原形

快乐高考

享受战斗

我以大将的神采

打败强敌恶魔

以自强的姿态

享受单打独斗

出发吧

小小少年

我的战友

雪白血红

雪光从后背透亮我的灵魂
我站直着
双手将它举过头顶

天使
趁机吻红了我的心思
我放下手
脚步又在红尘踟蹰

这苍茫大地
希冀，那么雪白
青春，如此血红

诗意的灵光

天空正飘落我的心思
我将它润色成律动的文字
地上溅着恣意的水花
炸飞心间的陈词

我把春绿和夏烈
秋黄与冬雪
穿针走线
绣成最美的诗眼

此刻
寂静无声
室雅兰香
诗意的灵光
飘飘忽忽
眨眨闪闪

音乐在秀发抖动处波光粼粼

音乐在秀发抖动处
波光粼粼
我还看到清风拂水
丽日阳光下金柳的艳影

将一生绑定于一种乐音
将芳华勤奋自强
以及全部的精气神
束集在乐音的跳跃里
高贵来自炼狱般的磨砺
正如苦寒过后才能梅香四溢

乐音在秀发间流淌
流淌着满屋的芬芳
在发梢处开出花朵
春天的气息里
山花烂漫处
我听到新凤的鸣唱

变奏的心灵

都市的天空
密密麻麻
倒垂着土地的根基
车水马龙的街道
熙熙攘攘
直接挤高了凌晨的鼾声

当枝头上的鸟鸣
还需搭乘电梯
当阳光的落脚
花香不再四溢

我总算悟懂了一个逻辑
比大海更高的是楼宇
比楼宇更高的是天空
比天空更高的是炒房人
那颗"云蒸霞蔚"的心灵

藏在面具里的灵魂

晨阳喷薄时
那份行走在泥淖里的理想
仍坚守着过分的完美
蟋蟀唱晚的初夏
那个长凳上的梦
已成彩云追月的模样

战鼓声声里
理想的指北针瞄向
燕山夜话的准星
火车的一声长鸣
震落江南油菜花的叹息

每一个山头连绵里
波涛汹涌
回眸的转角处
一江春水
流淌着涛声依旧的憧憬

藏在面具里的灵魂
从来不敢高声歌唱
在反反复复的折腾里
收缩着燃烧的青春

时光的欲望

就这样年复一年
时光的伤痕在独自的落寞里
叹出夕阳的光圈
还有什么理由
能拯救一切
那份朴素的欲望
也只能在旧时光里茁壮

呕心沥血的姿态
竟然折翅在每一根头发
都需齐整的梦魇里
那铿锵作响的企图
还是那般硬
还是老模样

日子常常在光阴的蜷缩里
盘算着日子的细账
曾经高昂的追求

那般嚣张
而做梦都在雕刻的尊严
慢慢慢慢
隐退于时光衰老的欲望

一朵桃花

这人间春色

纷繁

且不说紫云英的倩丽

且不说蝴蝶兰的清雅

光这一朵桃花

足以让我拨亮春天的灯盏

油菜花，春天的火焰

油菜花

春天的火焰

如火如荼时

风，熏暖了

于是春眠不觉晓

泥，烤热了

于是蛙鸣阵阵布谷声声

思念都暖醒了

于是大地清明香火绵绵

当油菜花把自己都烤出油来的时候

整个大地也就热气腾腾了

老天趁机投放欢庆的烟花

一个电光火闪，雷响整个山川

那飘下来的雨丝，拨弹着春天的琴弦

当新年日历爬满第一缕阳光

当新年崭新的日历爬满第一缕阳光
心情跳跃，花儿开在早春的路上
九天揽月五洋捉鳖的序章缀满欢庆
百年风华，镰刀锤头的映像在晨风里飒飒作响

南湖红船历百年风雨
化作巨轮豪气干云
最美的逆行
成就胜利的过往
脱贫已经归档
小康行进在田埂之上
此刻
北方的瑞雪
漫飞在庄户人家红彤彤的楹联里
春潮在海韵的欢腾里
暖涌着南方

我的中国梦

已经穿越万水千山
当新年的阳光
爬满崭新的日历
启航的路上
山河锦绣满目春光

一江秋水向西

马皇岭上起愁云
连江河水正哭泣
昨夜星辰昨夜风
一江秋水向西

阡陌黄黄秋风凉
昏鸦声声绕房
昨夜一眠根十丈
刺痛地府阎王

姑姑，红尘栈道
你错倒了一升高粱
万箭簇拥
你在云端逍遥
雾是那么白花是那么红
枝头上的桃儿春意浓
芳华系在辫儿上
笑容里头掬春风

而我在往事回望里

看到的你

脚在路上

担在肩上

忙不完的活在手上

即便如此

累仍在心上

愁仍在眉上

享不起的福仍在挺不直的腰上

狂风乍起

晴天霹雳

姑姑啊慢行

前方

一江秋水向西

沉静在秋的思念里

思念像南粤大地大榕树的根系
常从地底露出脸色
秋风里我注视着它
能想象思念之根
扎过粤北
扎过湘南
扎过千山万水
直抵雪峰山麓那个古老的村口
湿漉漉的田野
湿漉漉的天色
老父亲湿漉漉的腰身
一垄炊烟横贯东西
袅袅在迷蒙的记忆里

此刻，如果树顶之上的那片云朵
来自遥远的故乡
我定能嗅出灶头烟火的味道

还能想到鸟鸣秋枝硕果金黄

阳光满坡的秋光

在这种秋光里

风吹着稻浪

人揣着梦想

心思跳进了云端

奶奶的钱包

奶奶的钱包很大
有老木柜那么大
哪怕取一块钱
也得开一次大锁
奶奶的钱包很小
哪怕一辈子
也没装下百元大钞

半径十公里的生活圈
奶奶一生没走出那个圆
那里山清
那里水秀
那里该有的在她眼里都有
奶奶几乎没钱
却也活了九十多年

立 冬

秋风，重阳后打了半个寒战
柿树的落叶
飘飘然与金黄的野菊为伴
枝头上的果儿，灯笼般火红
火红了整个村落

湖面上的波纹
漾得层层叠叠
怎么也盖不住峰峦的倩影
白云如牛羊
啃噬着湖底晃动的秋景

夜半，些许冷雨打湿了窗棂
泛黄的灯光下
重温寒山寺的钟声
那张旧船票嵌在香山红叶的
书签里
古老的涛声

依然能打开青灯孤冷下的记忆

温润的半盏铁观音
入喉时，顺手点开抖音
醉看墨花月白，恍疑雪满前村
李白的诗意悠然地告诉我
立冬！开启了疫情缠绵下的
今年冬季

心上人长了翅膀

哭着让人同情的人
你若不是假借迷茫
便是在自鸣的乐音里催眠芬芳
这世上
为情而迷醉的灵魂
早已脱离爱的心坎
只留在诗人逃离现实的路上
那里才有晴天丽日蝴蝶双飞
才有鲜衣怒马轰轰烈烈策马疆场

而你在梦幻的粉泡里
爆裂情感的核弹
在俯冲的过山车里
放纵声嘶力竭的呼喊

这花样清奇的哭腔
已经无法托起爱的票房

别以为耍弄清纯的花枪
就能戳痛爱的旧伤
其实
潜藏于灵魂的光芒
醒目耀眼时
从未跳离儿女情长
跳脱缠绵的时光

心上人，早已插上翅膀
你却还在费尽心机歌唱

高考时刻

天空没有了颜色
大地成了朵轻飘飘的浮云
思维的电波在天地宇宙间驰骋
记忆像雨滴像雪花像晓露像缥缈的白雾
湿润着笔尖下的土地

意象时而浮现在思维的边角
有爸妈的身影有阳光下的跳跃
有校园门口金榜题名的喜色
当熟悉的意识堆积出来所有的文字
陈列在脑海
一股接一股的自信
瞬间整理出了次序
它们以欢快的抑郁的
凝重的若有所失的表情
呈现在忘我的周边
滴落在发紧的心头
滴落在满怀希望的卷面

最美的遇见

在您五十岁时
我来到这个星球
遇见了您
在您七十岁时
我举起拳头
融入了您
如今您都百岁了
我在一路风雨中感知天命

再过五十年
我将离开这个星球
而您却依然年轻
万岁之遥风华正茂

我遇见您的这五十年
见证您拓展的画卷
大气磅礴山河壮丽
小岗村之夜的风雨

挡不住春天的故事
环球贸易里风生水起
一国两制下港澳归亲
千年新禧后北京奥运
一带一路上出彩中国梦

未来五十年
我还将见证
您百年华诞的礼花中镰刀锤头辉映
小康之美，美及山村
巨龙腾飞里中华梦圆
国家彻底统一
待祖国百年华诞的盛典
升腾着盛世中华的荣耀
亲爱的党啊
您真的无与伦比

宇宙浩瀚
星河灿烂
我在这个星球上
在我有限的生命之旅
结缘了您
您强大的生命力

感染了我

您巨大的凝聚力

吸引了我

您无敌的自新力

震撼了我

我和您的最美遇见

在这个叫地球的星球里

穿透岁月穿透人生

穿越百年

滚滚红尘中我若一粒尘埃

您红日般的光辉里

我也能发光出彩

皈 依

当浮躁的旋涡
在霓虹中打着滚儿散着热气
我常常按下调侃键
于千里外的夜风中舞动雅兴
那里的土地有热度
那里的人们很熟悉

当朝霞铺陈于东方的天际
清凉的晓风
将思绪硬硬地拉回夜雨打湿的土地
灵魂的弥合中
一道晨光
就能将昨夜离散的精神
刹那间皈依

致敬故土
还要完美的仪式吗
无非那酒与血的道场

那沾满露水的法衣
在跳动的火光里
在黎明前的暗黑里
试着打开那个千年的问号
放飞心坎上的蝴蝶

此刻
阳光喷薄
本该忙碌的早晨还在簇拥着寂静
眼光垂落的土地
收敛着即将爆发的生机

相约金鼠之春

当金鼠咬下亥猪的最后一张日历
平溪江的春水在心头泛起涟漪
那彩云之南的思念
湘江之滨的期待
大湾区的憧憬
在雪峰山下，洞口福地
聚集，聚集

心心相印的交谈，多么自然
自然得像河畔的春风
村头冒着泉水的那口古井
在熟悉的风水里
舒展累了的灵魂
是件多么幸福的事情
况且还有米酒的香醇
蜜橘的甘甜
况且还有老家

一大帮青春燃烧的文友和艺人

一个窗口
可以展示最美的风景
一个洞口
装得进雪峰山域文人笔下
全部的美丽

村 头

我估摸着
这两天你该回来了
若是白天回来
我变成风
抚摸一下你的脸
若是夜里回来
我点亮灯
照亮熟悉的路

年初，你离开我时
一步三回头
年尾，听说今天你回来
孩子来过三次了
头上扎了朵好看的花
爷爷在村头老半天了
腿脚一拐一拐的样子
嘴里大声嚷嚷着
孩子，别跑哟，小心点

过年前夕

我，就爱这
瓦灰色的天空
瓦灰色的朦胧
瓦灰色的山水
瓦灰色的冬季

若是加点嫣红
燃点炭火
再响起鞭炮声
那就有了老家过年的诗意

我，就爱这一缕缕诗意
哪怕千里迢迢
哪怕山高路远
哪怕行囊里空得只剩下几声叹息

泪　光

我需完成一代人的使命
脱贫！脱贫！脱贫！
蛇皮袋扛满我的决心
村口留下回眸的眼神

趁你还在梦里
手里还揣着暖暖的玩具
我趁早出离了不舍
离开了你

你醒来的哭声
会搅断我的泪腺
我在流水线上
手指忙碌不停
心里却淌着泪滴

孩子啊
你时时刻刻在我的心里
却年年月月不在我的眼里

欢乐中国年

当漠河的第一缕阳光照亮神州
当三沙的海浪腾起新春的欢乐
当安塞的腰鼓敲响八百里秦川
当明珠塔的灯光掠过黄浦江面
此刻，大地欢腾，锣鼓喧天

塞北白雪飘舞
南粤木棉含春
条条巨龙穿越千山
归乡的人们绽开春天的笑脸

过年啰！过年了
大地秀美，岁丰人寿
灯笼满城高挂，楹联沾满喜悦
鲜花与雪花媲美，山川江河同乐

此刻
喜气爬上眉梢，心比苍天还高

真想跃上穹顶，翻个壮阔的跟斗

自北国之春

到椰风海韵

自皑皑白雪

到浪花朵朵

过年的样子

壶口，冲开一壶普洱
沸腾了整个黄河
三峡，蒸好一锅米酒
热血长江奔东流
贵州"天眼"，看着老天爷
将漫天的银花
撒向北国
南方之夜，一条条火龙
千山万水从头越
漫道雄关爬着坡

车轮与音响共鸣
灯笼和喜庆交错
升腾而起的焰火
怒放着大地的心花

我守在年关一隅
手持着手机

拨弄指头
抖动着新年的欢乐

归 途

如果岁月能退回到年初
鞭炮声中
雪花还在飞舞
喜悦，就是楹联上沾满喜气的祝福

挥汗的日子
等不及花开
却总是翘首明天的赌注
花团锦簇

不是所有的归途
都欢天喜地
我眼望着木棉含春
枝头上绽开怒放的心思

初 心

救命之恩
值得我等候十年
等候一生
爱情除了浪漫
还有美丽，还有机缘
我在绿色的背影里
为你虔诚地守候
守候那份初心
那份最纯的诺言

当时光的藤蔓爬过爱墙
我为你次第盛开的
定然能编出
这世上最传奇最圣洁的花环

美丽窗口

我和你之间
通常只有三十秒的记忆
我付费买近了距离
你免费赠给我笑容

二十岁的青春梨花带雨
生活其实都不容易
我驶过窗口时
你一脸的美丽
在路上
在车上

机场出口

过年前
00 后出来
过年后
70 后出来

一个从校园来
一个从故园来
00 后的行李箱
装的是给母亲待洗的衣物
70 后的行李箱
装的是母亲一年来的珍藏

致敬老师

在我国
每一万个人里头只有十二个人是老师
从人口占比来讲
您是万人之上

当我偶尔去跟人家培训讲讲课
偶尔相互之间谈谈人生谈谈正能量
甚至只是在某个不太知名的刊物发表了一小组诗
人家也称我老师
从职业美誉度来讲
老师，千万人之上

正因这圣洁之名衔
老师
务必敬业守正
务必师德垂范
严格区隔于社会上老师傅的那种
中年油腻满嘴市侩

后者只比前者多了一个字
前者却多了许许多多
克制隐忍奉献甚至泪水
正如红烛一般
燃尽自我
还不能发出哔哔剥剥的响声

劳动光荣

从一滴汗的物质成分中
读到晶莹
从一颗泪珠的滚落中
读到辛酸
从一粒露珠的胸怀中
看到太阳
从一颗雨滴的击打中
看到不屈

我至少能举出一百个例子
证明劳动是光荣的
我只需从一份光荣里
足以摄取前行的力量

晓风为勤劳拂面
晨露是青春的面霜
挥汗如雨是惯常的姿态
那一道雨后的彩虹
正是奋斗者绽放的荣光

初　夏

最霸蛮的心理逆转
也拗不过季节向前
初夏，河流
时而清澈
时而咆哮

嘶吼的拖拉机
马路上，昂起头爬着坡
给重担压肩
颠着屁股上坡的人加着油
即使这样
疲惫的乡土
仍然结着蛛网般的心事

山坡上的牛
夕阳下
尽享着初夏的美好
夜幕下的微风

在一场露天电影里
吹拂着农家无遮无拦的欢笑

二

秋风拂开季节的额头

秋 色 （组诗）

一

风，轻拂
树间，洒落阳光
水，澄明
山峰，潜入河床

老农，山坡望远
一口烟吸进吐出
丰收的喜悦
缭绕中打起圈来
蓝天，人字雁阵
舒展着农家心境

房前的苦柚
就算再苦
也得膨胀起来
在这个秋天

膨胀出硕果累累的光景

二

夏蝉叫累了整个盛夏
把天叫得老高，叫得老蓝
大雁聚成人字
乌云飞散

那朵苦菊泛黄的时候
高粱也就红了
葡萄也就紫了
于是
风吹着稻浪
桂花飘着香

三

我知道你的纠结
就像秋天的风
纠结于湖水
那麻花样的水瓣

漾动心上的涟漪

善良的心
摊开来，晒在阳光下
终究金黄
却常在谨小慎微中
毛毛雨都能淋伤
谁说 A 型血的人有点虚伪
因为常常在举棋不定中
暴露了底色

爱，无形亦有形
你说它像风，就是风
你说它像雨，就是雨
可爱的等待
总让人难挨
有时心事重重
有时风情万种

四

雪峰山的云雾

顺着金秋的风儿
撒开一张巨大的网
将十里稻浪
蜜橘的清香
平溪江的秋水
还有回龙洲的鸟鸣
一网打尽
包裹起黄黄秋景

我在鹏城
在簕杜鹃的红艳里
怀抱故乡的丰华
丹桂飘香

枫叶红了

我一直觉得
欠秋天一次旅行
不是在黎明
而是在黄昏
在夕阳下漫步的枫林

不是我夸张
枫叶霸占了我的整个想象
风中飘飞的样子
还有音乐响起
还有晶莹的文字
粘在最后的落处

太阳伸出粉红的双手
想捂住我的眼
我透过指缝
看到的枫叶
比天边的彩霞还鲜艳

在风中，在湖边
夕阳下的枫林
诠释着霜叶红于二月花的誓言

秋日情愁（组诗）

一

一个转身
夏天走了
一个故事
成就秋天的风景

夜色落下
所有的风景都一一归巢
惆怅在秋夜里滋长
欲望开始燃烧
一瓶酒的功力
能将整个秋天燃爆

谁也偷不走心的美丽
这是世上不需任何砝码的公平
其实
平淡就是一种收获

在秋夜的风里沙沙作响

将日子过得狼狈的人
有时还十分高冷
意蕴，有时是一种害人的东西
让清风却步，明月迷茫
激情常常会晕染整个山河
遗落在风中的
却只剩一片花瓣的哭泣

夕阳下的雁阵
再一次撩拨起青春
黄黄阡陌
我只看到落霞余晖
秋景绵延
也许一夜秋风
会刮走所有的愁怨
一觉醒来
清晨的绿道上，奔跑的
又是鲜活的青春

二

夕阳，为夜的执照盖下了印章
鲜花，淹没在暗黑的海洋
没有星星的夜晚
残月，悬于霓虹之上

黄椅子，红桌布
铺在夜生活的舞台中央
他们又在举杯
酒的魔力让喧哗一浪盖过一浪

"只要你过得比我好
过得比我好……"
一个歌者，怒弹着吉他
仰起头颅声嘶力竭地歌唱

三

后山的风，被松涛带进了土里
街头的嘈杂，消失得无声无息
周边宁静，我能听见

大地的呼吸声

此刻，大地睡熟了
黑夜里，一声陌生的鸟鸣
划过屋顶
摊开的书面上，粘上天使的声音
我瞪开双眼，静气屏声
凝望着窗口
今夜了无睡意

四

长夜，摁不住时间的脚步
心，夜半蝴蝶般起舞
白天，光亮驱赶着心思
忧伤挤占着半个脸庞

别人的幸福，痛击心灵
战栗着鲜衣怒马的时光
此刻，我躲在这漫漫长夜
孤听着雨打芭蕉
触摸无力的心跳

花好的日子，能褪尽所有的黑暗
滤出苦痛
呻吟总在呻吟处叹出气来
即使春风也荡不走它的忧伤
心都了无图形
生活哪还有画卷
就算夜色再黑
也盖不住经年的伤痕

其实长夜会人脸识别
你若是痛苦
它就张牙舞爪围着你群魔狂舞
你若是快乐
它早就春风满面无拘无束

橘乡橘黄

当秋风扫落叶的时候
橘乡的橘已经泛黄
馋者剥开橘皮
唇齿瞬间流香

橘花落尽
豌豆小的青粒
数着日子
枝头上，迎着阳光
当秋天的月光
染黄秋草
橘乡的橘儿
圆了黄了，熟了甜了

我来自橘乡
满目秋光里
山坡上，果园里
蜜橘的金黄

常常

勾起我对

物华天宝

春华秋实的思量

水蓼花红稻穗黄

时光清浅
岁月倥偬
当秋风吹红水蓼
稻穗染黄秋梦
我拿什么奉献给你
我的故乡
我的初衷

红蓼已很惊艳
稻穗簇拥心田
我青春的油彩
就着人生的泪滴
将走出乡关的誓言
涂鸦成的画面
难以名状
抽象无边

秋日情思

晴空一鹤
云淡天高

繁花褪尽
花香在秋的脉络里
吟唱着骊歌
时光似水
生命在岁月的长河里
缓流着愁情

陌上，黄黄秋景
心中，念念故人

秋风拂开季节的额头

大地，夏热后想歇一歇躺一躺
蓝天，像一顶多彩的蚊帐
水流，放低了声音
秋风拂开季节的额头
丹桂飘香

稻浪，起伏着夕阳
荒野，秋色烟光
村姑的裙摆漾着喜悦
老牛一步一步
牵着牧童的快乐
踏进村庄

苦柚垂满金枝
夏蝉不再歌唱
山坡上
那株高粱
刺破晚霞

染红了乡恋
我的故娘，双瞳剪水
我的家乡，蜜橘飘香

秋天的衣裳

那些年
秋天的衣裳不太明艳
却很别致
风刮过来的时候
黄叶，落在身上
眼光，落在梦里

梦，一直高远
高过深秋蔚蓝的天
就算
凉意裹挟秋风
落叶哀于鞋跟
然而
远方的梦里
秋色基调里的衣裳
仿佛
"复制"后的黄金时代

"粘贴"于时代金黄的文档

这个金黄的秋天
轻轻打开
仍然不太明艳
仍然，很别致

月光盛开的花朵

天凉了，淡淡的
当月华如水
夜风轻拂发际
捎给我的
莫过于老家的几缕乡愁

这个季节
稻浪翻飞，炊烟徐徐
大胆悬于枝头的
是门前那几颗
黄灿灿的苦柚

当秋风悄悄拂开季节的额头
满目金黄里
月光盛开的花朵
开满整个中秋

三

月光洒在哨所旁

军 装

我因羡慕你而穿上你的
穿上你的时候
感觉腰杆直
气宇昂
彩霞飞舞豪气扬
军旅人生
步履铿锵

当我脱下你的时候
彻夜难眠
就算摘下帽徽领章
仍然穿上你返回家乡
这一来一去
坐在火车里似曾相识
可正反两向明显地告诉我
如火的青春走过数年
你的颜色已然改变

汗水浸透过你
千百次
无数遍

你容颜之变
也将我从白面书生
浸润成容光焕发、剽悍健壮的青年
就像一张白色的信笺
写满青春淬火的诗篇

家乡的田野间
老屋旁
挥汗的马路边
工地上
我隔三岔五将你穿身上
显露我受过训练
当过兵的荣光
和普通人真的不一样
正直敢言
勇于担当

现今
腰肥体胖身材走样

就连老部队都不见了
可一见到你
依然热血奔放

山岗之上
操场中央
绿色的军装
一排排
一行行

月光洒在哨所旁

一个人
一杆枪
除了哨所
还有月光
这宁静的夜里
我为祖国守夜站岗

眼前的白杨
已很挺拔
在绿色军营
同我一起成长
午夜如此寂凉
山野白雾茫茫
我思想的萤光
在浓浓的月色里
一闪一闪
游向远方

远方
我的家乡
小河淌水
稻花飘香
我的姑娘
村口送别
羞红着脸庞

沙 城

八一临近
想起河北沙城

第一次走近您的日子
头二营乡，野外，住着帐篷
深山野沟，夜间，我们钻着山洞

第二次走近您的时候
修建大秦铁路
帐篷，扎在营地
山坡上，手持镐锹，使出全身力气挖着土石方

离开您这么多年了，沙城
您的沙尘，还那么猛么
您特有的温泉，还那么诱人么

今夜
和战友一起，品咂着长城干红

就想起您来
想起绿色军营
想起当年风沙弥漫
遍地种满葡萄树的沙城

战友的脸庞

尘世间最纯的真情
跃然于战友的脸庞
那一朵喜悦的红云儿哟
摘下来
暖烘着岁月的惆怅

炮火纷飞处
你的真情流着我的泪水
和风柳浪里
总有个黑红黑红的脸庞
在记忆深处
撞破发黄的思念
思念的情网

我的故事
每个人的人生
都会成就一个故事
当别人想倾听你的故事时

或许故事有温度
或许故事动人心

我的故事
老兵的故事
曾经是绿色的
山峦一样的绿
迷彩一样的绿
青春在绿色中拔节
军魂在拔节中茁壮

我的故事

退役老兵的故事
曾经是蓝色的
蓝天一样的蓝
蓝领一样的蓝
脚步在蓝色中迟疑
干劲在迟疑中奋发

今天，我手捧的这束鲜花里
就藏着我的故事
军绿筑就军魂
深蓝成就精神
越过绿和蓝的那朵红
闪烁着我的初心

今夜，花香满屋

峻岭，芳华跃动
操场，青春火红
星光掠过钢枪
硝烟缕缕，铁骑威风

迷彩，裹满军营
却裹不住寒夜沙场
哨卡，月光皎洁
思念，一路荧光

穿过崇山的险峻
铭心刻骨
风干的战事依旧在目
岁月倥偬
我的青春，踌躇满志
我的今夜，花香满屋

脚 印

那山峦上的脚印
已长成参天大树
那呼啸着的阵阵松涛
是我们当年的冲锋呐喊声

当年，训练场上的口号
一阵高过一阵
在军营
铸成召之能战战之能胜

多少年过去了
腰，还是那么直
胸，还是那么挺
眼光，还是那么犀利
那一串串绿色的脚印
留在铿锵的步履里
留在军歌嘹亮的早晨

当青春在战狼谷穿行

当青春在战狼谷穿行
沸腾的热血怎能不冲锋陷阵
山谷里的鲜花正艳
眼里却全是弥漫的硝烟

轰隆隆的战车
碾过山坡，碾碎一地芬芳
曙光
于胜利中耀出光芒

谁说青春的油彩遮住了光芒
这山谷里的穿梭
让青春和阳刚
再一次心花怒放

四

在那文学怒放的地方

在那青青的山岗旁

在那青青的山岗旁
有我的爹
有我的娘
我的爹躺在山岗上
我的娘
老想着我爹生前的模样

那座四十年的老房子
已经换了红瓦
那些古老的青瓦
粘满多少炊烟
多少喜乐多少忧伤

门前的稻田
年复一年拱出绿意
熟成金黄
叫天的雁阵
漫过心田漫过稻浪

季节，无论如何变换
青青的山岗
还是那么青还是老模样
我的爹，躺在山岗上
我的娘，守着那座房

我的小山村

雪峰山的云雾
缥缈如纱
随霞光与春风
逸散而去
蓼水河的柔波
水光潋滟
借金柳和吊楼
融成意蕴

青山秀水间
鱼米之乡里
我的小山村
水墨田园好风景

桃红映村
溪水闹春
田野里的紫云英
缤纷了村姑的笑颜

唤春的紫燕
呢喃着三月的和煦

阳春里
此起彼伏的蛙鸣
对着牛弹着琴
协奏着耕夫扶犁的吆喝声
牧童的短笛
多年未见踪影
而乡村喇叭
晨晓的春光曲
沸腾了整个山村

老家的雪

每次回老家的时候
总有一番心事
春风拂面的时候
我能见到花，长在父亲的坟头
秋风送爽的时候，
常能见到月，落在母亲的思念里

我有多年
没见到老家下雪了
老家下雪的时候
父亲支好炭火
母亲烤着香糍
窗外，雪人白得发亮
火上，糍粑白嫩透黄

撒欢而归的我们
烤着火
鞋底冒出白烟
脸上泛起红光

在那文学怒放的地方

满园蜜橘，透满秋黄
祠堂座座，祖德流芳
青青的山岗，绿绿的荷塘
雪峰山麓，我之故乡
在那文学怒放的地方

楹联裹满喜悦
山歌传自瑶乡
一根扁担两箩筐
怎么也挑不完落泪的过往

小说述说着山寨
散文描绘着乡土
诗歌行吟着情爱
故事长满了村庄

炮火纷飞的动词
跌落在洞口深潭

烟景繁华的形容词
穿梭古镇高沙
再造共和的名词
镌刻山门大坝
郝水河畔的象声词
其人也烈其声也烈

桐山飞瀑，冲一壶古楼茶香
半江水韵月溪流长
普照寺下，大美罗溪好风光
回龙洲边，文昌塔立
蓼水花红，稻花飘香

山河锦绣，洞天福地
一口仙洞天下贯
这是我的家，这是我故乡
山美水美
湖南西南
一个文学怒放的地方

云峰宝塔

趁弯月如钩的子夜
我想不为人知地
将蓼水河的回澜
拉高
再拉高
高至百丈
而后缓缓寸落
让守望千年的柔水
为你沐一回禅浴

你说
不用了
每当艳阳高照
碧空万里的晌午
我都会跳进河里洗澡
那条状的白云
是我的澡巾
晃动的波光

漾着我的欢笑
蓝天为我
着上蓝色的浴袍
太阳为我
佩上闪亮的徽标

我想插上翅膀
腾空而起
将飘失百年的塔铃
挂你头顶
当清风掠过
叮叮当当作响
让塔区的人们
悦听你的歌唱

你说
不用了
破晓微明
人们睡梦初醒
脚下河床里
响水坝的水流雄浑激昂
那是我托她
奏起晨晓奋进的乐章

我想在你的眉下
嵌下两只眼睛
一会望远
一会看近
古镇的芳容
让你一览无余

你说
不用了
河里的桥洞
就是百姓为我
安装的慧眼
有人筚路蓝缕
踏石有印
有人衣锦还乡
剪烛西窗
有人恭孝勤俭
有人骄奢淫逸
古镇千年
世事沧桑

我想在你对岸的堤岸

栽上一大排婀娜的杨柳

风情万种身材曼妙

当春风拂过

柳丝轻飘

柔柔地划过水面

为你献上

史诗般的舞蹈

你说

不必了

我非王侯将相

享受不起

河岸烟柳稀疏

水边点点红蓼

虽高低不一

但自然天成

待春光明媚

那是我托柳美人

手捧花枝

暖风中

献给春天的圣礼

我想变作一只雏凤

栖息你头顶
为你清脆地鸣唱
让周围的人们
仰崇你魁梧和高尚

你说
多谢了
真若有心
不妨在我脚下
遍种花草
再栽些树木
让生活不顺的人
在我脚下散散心

在世如莲
静心素雅
云峰宝塔
俊雅挺拔

夜风中
想起老家
就想起
云峰宝塔

相约马皇岭

我常在雨夜里念想着你
在雨打芭蕉的寂寞声里度过长夜
让思绪化作片片彩云
飘逸在你头顶
让柔风为你的金山之梦
挂满多情的璎珞

白云当空
仙气飘飘
晨光初照
山河润色
你翠绿的颜值
遮不住你的娇艳
于是满山的映山红
吐露你的羞涩

置身你肩膀
玫瑰花瓣的心绪

飘逸山岗

聚成一面鲜艳花旗

轻轻几下摇晃

晨风荡来

缤纷与芬芳

天女散花般

溢满整个山峦

立于你头顶

我们看到

风清的古镇

诗远的家乡

情满蓼河

将蓼河的一江柔情
微信里写爆
将青石板河街的喧闹
与家乡味一起打包
让水边的枝枝红蓼
插进相册
让河岸的阵阵稻香
在一坛米酒里密实地封牢

哦，还有
还有岸楼的吊脚
青柳的翠貌
宝塔的倒影
滚水坝的欢笑
和那陈年码头的往事
老水车的吱叫
以及老屋的炊烟

村姑的笑貌
都想伴游子远行
我小心翼翼
昨夜一项一项
拷进乡恋的内存包

晨光熹微
难忘昨宵
挥一挥衣袖
古镇，再见
蓼河，安好

雪峰蜜橘

人们说，苹果像笑脸
鸭梨哭丧着脸
看到你，心里头暖暖的
喜悦盈满橘园

金果爬上枝头时
秋菊黄了，高粱红了
秋风为你抹上金黄的阳光

其实，我的雪峰蜜橘里
不光有山坡上的秋风
还有雨露还有霜
还有水蓼花红
金色稻浪
还有风清诗远的故乡秋光

在我最深刻的记忆里
父亲喘着粗气

提过来一网兜蜜橘时
爷爷，病得嘴都张不开了

爷爷走后
他的坟前摆了三个
我们的衣兜里
各自揣了一个

后来啊
父亲走后
他的坟前照样摆了三个
我们的心里，疼痛地剥开了一个
红红的，裂开的心脏

雪峰之春

是冰封的北国吗
白雪皑皑雪峰入云
不是
是早春的雪景吗
溪流淙淙冰雪白岭
不是，不全是

是湘西南的一垄山脉
是山脉挺立的湖湘精神
是湖湘精神刺破云天的血性
是残阳如血的图腾翻滚
是图腾翻滚之下的水秀山明
是水秀山明里的平溪悠悠，日耕日读
是日耕日读里的洞天福地，宗祠巍巍
是宗祠巍巍里的半江水韵蓼水人家
是蓼水人家的繁华烟景
是繁华烟景里的钟灵毓秀

是钟灵毓秀里的护国青灯
是青灯油火跃动下的楹联喜色
是楹联喜色之下的稻穗涌浪，蜜橘飘香

哦！我的雪峰之春
天蓝，景绿，地灵人杰
物美，文丰，水秀山明

清明，能解开很多心思

纸钱还未烧
思念已经袅袅
三杯老酒洒下的心愿
老天尽知

还有什么需隐藏的
愧对祖先的过错
即使香火跳跃
也燃不尽所有的亏欠

低身俯首，已经够了
抬起头吧
云雀，一声冲天
自明浊念

小 巷

楼阁的富丽
掩不住青石砖的忧伤
店铺里的陶瓷瓦罐
能煮沸古镇梦想

行走古镇
古老的故事
将记忆
带向远方

远方
岁月冗长
除却沧桑
还有小巷人家
零零落落
稀稀疏疏的泪光

太极雄风

让时光凝住
让万物渺小
起手推势
衣袂飘飘

混沌尘世
我撑开一片天
划出几道云
无为而为中
无极而生
逆中行顺
阴阳有无里
拨云见日
抚琴听音

我柔手一推
繁花盛开
我禅脚轻点

灵气通体

胸有鸿鹄骏马
意念野鹤闲云
大漠孤烟，西风黄沙
山水田园，春雨桃花
灵气吸呼
乾坤扭转

故乡的思念

当太阳爬上东边的山坡
思念便长出翅膀
那一垄油菜的金黄
泛起道道金光

荷塘边的村庄
桃花般的脸庞
山道弯弯
采茶姑娘一路芬芳

车水马龙的城市
藏不住故乡的炊烟
五光十色的灯火
亮不透乡村的从前

我将千里归程
镶满无边锦绣
一个回眸
作别他乡的云烟

故　乡

高耸入云的山
一汪碧绿的潭
古岭上的云雾
牵着茶马路

村姑的笑颜
跃上老家楹联
宗祠里的青灯
护佑着将军故园

十里稻浪浮橘香
波漾青山秀水间
古镇千年青石板
晃动着金色童年

山道弯弯
逸飘农舍炊烟
石桥古道

行走往事流年

往事流年，过眼云烟
梦回故乡时
蛙鸣阵阵，布谷声声
萦绕在耳边

守望回龙洲

平溪江，在水一方
回龙洲，诗意盎然
生产着清新空气
生产着鸟语花香
生产着负氧离子
生产着夕阳之恋

他们，耍尽手段
将天然的美好
据为己有
加工成啤酒泡沫，饕餮盛宴
加工成高分贝音乐
加工成杯盘狼藉
加工成污迹斑斑的钞票

侵占你肉体的这些人
跟强盗有啥区别
那狂欢后的一地鸡毛，满目垃圾

让人怒目圆睁

我心中的回龙洲
夕阳之下，祥光辉映
江水漫流，风轻气爽
对对佳人，各自芬芳

雪峰山下美丽家乡

湖南西南
雪峰山下
沪昆洞新怀邵衡
平溪蓼河半江水

南峰普照寺
文昌云峰塔
灵气腾，橘香浮
将军故里，宗祠之都

江口罗溪水
古楼大屋茶
岩山山门立石柱
渣坪月溪入长塘

小河淌，油菜黄
十里稻浪米酒香
这就是我的家

就是我故乡

山明水秀

一口仙洞天下贯

枇杷熟了

母亲说
房前的枇杷熟了
又大又黄
今年结了好多好多
要是你们都在多好
每个人都管够

去年的时候
我只好提到街上去卖
几个年轻人抢着买
最后
看到个长得像你一样的人
我秤都不称
十块钱全给他了
至少还有五六斤

往　事

那棵大树
始终立在记忆的村口
那里有稻田
那里有坟场
还有晒谷场上的嬉笑
和忙乱

春耕的吆喝声
惊飞菜园里的蜻蜓
月光里的蛙鸣
鼓动着夏风的阵阵凉意

他们
在农家禾堂上紧摇的风车里
滤去生活的辛劳
在一把旧蒲扇里
扇动着
夏夜难得的欢欣

他们都走了
走得那么苦痛那么悲切
那么彻底
村口的大树
见证了所有往昔

故乡的情愫

没有多少感知的童年
是最幸福的时光
当故乡熟悉的人一一老去
一一埋进了后山
连同许许多多的故事埋进了后山
故乡，便长满了厚重的情感

门前的那条小河淌着悲欢
河边的稻田里，那些身影熟悉得发黄
故乡其实潜伏着很多忧伤
村后的那座山还是那座青山
可放眼望去
交织着沉沉的心思
睡在那里的人
一个一个
让故乡变得丰满

清纯的故乡

清纯在童提时代
当故乡变得沉重
岁月难以支撑
一个时代
便压进了土里

家乡那条石板路

走过石板路的人
才知道泥泞的苦
走过泥泞的人
才知道石板路的福

一条石板路
若是在山间，若是很蜿蜒
若是有林荫，若是很冷静
走过千百回
往事幕幕，刻骨铭心

石板路
走过古人，走过今人，走过他人
总有走不完的人
石板路上
有过喜事，有过急事，有过心事
全都酿成故事

石板路
连着我的心路
横断我的思路
一辈子
走不完走不出的路

路上
总有一只蝴蝶
为我起舞为我引路
总有一朵山花洁白耀眼
走着走着
让人想哭

我不敢相认我的老师

我不敢相认我的老师
我拿不出骄人的成就
让老师眉飞色舞
我也没有能力
让老师的晚年更加幸福

教师节里
我只能默默打望那张毕业合影
老师是那样的严肃
我是那样的奔放无束

这么多年了
我其实很多时候都会想起老师
想谈谈我的心思
我生怕老师不记得我了
又怕见面时尴尬无度

眼前的老照片已经发黄

跟走过的岁月一样
我望着老师定格的表情
他的眼光
仍然会灼痛我青涩的青春

乡村女教师

她们是有文化的人
她们是情感丰富的人
她们是体制内与体制外
坚守与弃离
内心冲突最前沿的人
毕竟外面的世界那么大
毕竟青春吐芳华

她们最终选定坚守
坚守在乡村一隅
用真性情陪伴小少年
用真善美点亮花样年
野花满坡的乡道
青春次第绽放
洒满晨阳的校园
助力桃李成长

当理想的张力

无法企及更远的理想
收回来丰满自己
你，就是别人的理想

雪峰山顶的一根野草

不需打听我的名号
我就是雪峰山顶的一根野草
不要探问我过得好与不好
我能够雨露均沾
享受阳光普照
能够见到春和景明
见到月圆和花好
见到秋叶在秋风中飘

我还能够看到路远水长
炊烟在路上袅袅
那个远行的游子
回眸时挥一挥衣袖
露水打湿了眼角

花非花，雾非雾
我就是风中昂起的

一根狗尾巴草
没有花香没有树高
一个不起眼的生命
也能张扬起春天的骄傲

手握炊烟写乡愁的人

他们的心是复杂的
他们的思想是复杂的
就连他们的表情都很复杂
额头上的纹路
是乡村的沟沟坎坎
而他们的精神却流光溢彩
他们的灵魂却向美向善

文学湘军雪峰劲旅
他们的心中有血光怒火
有星星点灯
有柴块子燃烧的噼啪声
有晓露湿打田埂时的泪滴

晓雾荷塘是诗意
白云朵朵是散文
炊烟缕缕是小说
月色迷蒙是传奇

这群乡土作家

脚踏着泥土的芬芳

满耳是乡村的嗟伤

手握故乡炊烟

书写着农田阡陌里的百样人生

守 望

思念，高铁上疾驰
回忆，驶进了故园
一只飞得太久的风筝
对着老天宣誓
老槐树拴着的那条牵线
好多好多年了
我总担心哪天暴风中突然绷断

山道上，缕缕晨阳
泛着喜色
透穿松林
稻田里的白鹅
嘎嘎而鸣
目送我走远

曾经的归途
阳光依旧，山风绵绵
无际的稻浪

翻滚着无尽的思念
渺茫处
灵山秀气，稻光氤氲

老一辈，大都走了
老房子，孤望着青天
只有村头的那口古井
还吐着股股清泉
多少年里
一直守望着心心念念的故园

夜来香

一袭红裙
香肩肤白如雪
窗前玉立
凝望盼归

心旌摇曳处
湖光波影
远方的触摸
遥不可及
多情的夜风
轻掀裙襕
猜是你
托风寄来的爱意

荷塘
月色正浓
柔情
飘飘逸动

今夜
如水的月光下
你可在等待
等待可人夜风
等待着我
千里之外的夜来香

梦中的那段河

梦中的那段河
有一个沙洲，一个码头
一座宝塔，一堤水坝
有两座桥
还有一排古楼长长的吊脚

那段河那么精彩
那些年，我却没那种感受
直到走得越来越远，离开它越来越久
直到我见过世上很多很多段河
幡然发觉
融入记忆骨头里的，才是那段河

那段河
能浸透太阳
煮透月亮
能将白云洗白蓝天浣蓝
将条条柳丝滚滚稻浪还有村姑的倩影

全部包裹起来

摊开来，晴天丽日

泪别时，浊浪滔滔

回望双联

我登过这里的五龙山
喝过这里的山泉水
写过双联的权属文书
标过双联的每一个图斑
量过每条道每条沟
定过每一个边界拐点

我在这里
获得先进工作者荣誉
我在山道上
忽闻人生的一个重大喜讯
那时候：
我们的队伍里
还有这样一个人
连副县长都感到惊讶

回望双联
感慨连连

你走过的每一寸土地
全都是人生奋发的印记
很多就此于记忆中泯灭
很多又在某次偶然中泛起
虽很遥远
却很清晰

我是蔡锷故乡人

当硝烟弥漫化作田垄上
炊烟缕缕
我能穿越百年，依稀听见将军降生时的啼哭声
这声音来自大坝方向
那里，天之山门，芳草萋萋

护国救民，肝胆轮囷
不信东风唤不回的血性
流淌着勇猛无畏
子规啼血的那个松坡
映红了雪峰山麓
映红了山河大地

人在江湖
总有人问我来自何方
我就是蔡锷故乡人哪
历史的云烟再厚重，也盖不住我的根系
那里，风吹着稻浪
那里，蜜橘飘着香

再见吧！兄弟

我想在你的文末留下两句言语
可那么多山坡，那么多坎坷
那么多情感，那么多感叹
一并潮涌
湿透了文字
模糊成了乱码

其实，我不需那么多的言语
两个字就行
那就是"再见"！我的兄弟
再见，在辞海里只有一种解释
而在我内心，却早已盈满万千种意境

再见吧兄弟，再见吧拉萨
放下手机这一刹那
那个撅着屁股俯着上身
川藏线上，蓝天白云之下
奋力骑行的兄弟

那个节衣缩食喘着粗气

放亮眼睛，

一路上，用文字打探西域风情的人

久久挥之不去

古 井

在拉不直的炊烟
瘦骨嶙峋的往事里
在村落的边缘处
涌动着少年的童趣
邻里清欢和故乡的愁情

古井如镜
见证着时代
见证了变迁的乡村
对它过往的回忆

于股股清流里
乡愁泛涌
情思迷离

三寸光阴

我用三克黄金买来的周末
一张是返乡高铁一张是回程机票
还有一张是自己邮递自己的邮票
只不过背包里全是乡愁
一半系着我父亲的坟墓
一半系着她父亲的坟墓

我先在她父亲坟前默念一寸光阴
再在我父亲坟前默念一寸光阴
还有一寸光阴我想把它拉长再拉长
留给我活着的二分之一来路
我的母亲她的母亲

这个黄金周末
我是以小时掐算着我的假期
天哪
我怎么活到假期只剩下小时
没有了天数

一粒芝麻

它不过是版图上的一粒芝麻
只不过我走近它的时候
这粒芝麻已经开了花
开在平溪江畔
开在雪峰山下

当我零距离打量这朵花时
分明已闻到它的心气
当我迷恋它的心气时
拔高的意识明显节节迷糊
正如这里的人们
天大的大事也会变成小事
芝麻小事也会变成天大的事

我凝望版图的时候
心坎常开着花儿
我端详这朵花时
心头全是故乡
痛失所有版图

三月的花

三月的花
开满春的枝头
小蜜蜂吻了又吻亲了又亲
即使跳离，也只是换个角度
吐露一口浓郁的香气

三月的雨
湿透满垄春泥
香棍草一枝一枝傲起春的生机
即使摆头，也只是换一种姿态
摇曳一段春的舞曲

桃花雨的春晨
父亲田野扶着犁
布谷叫春的声音和着阵阵蛙鸣
和着父亲春耕的吆喝声
穿透了半垄炊烟
缭绕在春天的记忆里

村 口

小时候走出村口

为了长知识

长大了走出村口

为了长见识

后来啊

走出村口

为了谋幸福为了能成事

村口

立在那儿

恭迎你回

欢送你去

失败了成功了

昂首挺胸还是垂头丧气

那棵老槐树最清楚

走出村口

回眸村口

记忆里的人，在山上
熟悉的人，在远方
我，在路上

堵在春天的胸口

我不愿那堆黄土
老堵在春天的胸口
我只想捧着杏花酒
洒向清明的坟头
三鞠躬，微眼闭
香火把回忆彻底烧个透
您是长者
是来路，是根脉
是春天胸口上隆起的土地
虽不伟大
却像个惊叹号打在山坡
坟前的我
蹲下去，像极了那个圆点

当箱轮旋过村庄

当箱轮旋过村庄
他们都回来了
从上海从深圳从杭州赶回来了
他们中
有大学生有打工妹
有快递员有滴滴司机
有包工头有公司老总
潮水般涌回来了

于是
村庄的上空
炊烟逸散着喜气
村庄的巷口
笑语沸腾了茶盏
门口的楹联
映红了水塘
村姑的发夹

泛着生机和春光

整个村庄都活起来了
清风拂在脸上
清爽着微醺的酒气
老父亲劈柴的斧头
一下子劈满了半个禾堂

就连神龛上的老爷爷
在香气缭绕和跳动的烛火里
脸上都有了红光
更何况
年三十的鞭炮和焰火
炸得整个村庄心花怒放

父女情

我头上那个别致的发夹
小时候，山村里的发小好生羡慕
是辛苦的父亲，城里赚了小钱后
特意为我买的
多年后
我花十倍之价
想买回记忆中类似的它
可头发还是我的头发
美丽与快乐，已成水中月镜中花

我放学回家的那条长山路
天黑前，时常感到害怕
每当我小心翼翼时
半路上，总能看到父亲迎面而来
父亲，如山脚的那个巨石
很稳很重，很大

打小，生病发烧的时候

额头上的那块湿毛巾
是父亲内心的急救包
床前走过来走过去的小碎步
印记着父亲的焦躁和煎熬
而今
老父亲病重于医院
快过年了
父亲让我先别急先别回的声音
引得我怎么也睡不着
房间里的小碎步
走过来走过去
跟当年父亲一样煎熬

落在七月的雨滴

您，依然清瘦地
高高地站在那儿
即使今天
在哀乐的盘旋低鸣里
即使七月的雨
落成亲人的泪滴
即使您的音容笑貌
已升腾至云端
在隆隆的礼炮声
在锵咚咚锵咚咚的锣鼓声里

八十好几的老岳父了
一米八几的身躯，还是那么挺立
车窗前
挥着手，致着意
清瘦地高高地站在路口
告别时，嘴里总是说着
大声祝福的话语

望 春

透过舷窗望春
春在地上
我在天上

隔着车窗望春
春在路上
我在车上

蹲在坟前
春爬在草尖上
父亲在草堆里

我闭上双眼
父亲走进心里
春天一片漆黑

那条小路

穿过田野，穿过山岗
穿过河流，穿过街巷
那条小路穿过青涩的成长
仙桥，古井
吱叫的水车
一条渡船晃呀晃

肩挑背驮的时代
老农春耕的吆喝声
托举起年少的梦想
一只蜻蜓
正前方飞
引领着青春的目光
那紫云英的芳姿
村姑的羞涩
半垄炊烟
夕阳下的荷塘

还有阵阵暖风
声声蛙鸣
全都拥进
拥进感激的万物里

记忆粘附在岁月深处
已然发黄
然而定格的韶华
依然青翠欲滴
依然翠绿无比

花开蓼湄

如果

这个古镇也算作一座城市

那么

城市之名一定叫蓼湄

如果

株木山还算一座山

那么

山中开得最炫最艳的那枝花，已经等了百年

多少逝水流沙

蓼湄，水木清华

不要问蓼河之水天上来

不要问云峰塔尖写丹青

光这

满城的喜悦

满城的欢腾

足以将这座蓼城

喧腾得祥云集结

锣鼓齐鸣

何况昨夜青石板街巷的赞美声不绝于耳

蓼水河的回澜直接卷起千堆雪

你看，新屋里的那个少年已经胸拥鸿鹄

回眸乡关时

心中

落定鲜衣怒马

还有千里马不常有的

那个雕花马鞍

向父亲报告

我的父亲离开我们已经九年了
我想起他的时候时常感觉像九天前
那一副不甘落后又无能为力的样子
定格了至少他的大半生

等到我们不再落后的时候
他还是无能为力
我们也无能为力
在病魔面前

那段最后等着人生落幕的日子
我相信他的头脑是极其清醒的
他的想法是极其复杂的
当那种清醒的复杂循环了一遍百遍万遍十万遍的时候
他的生理已支撑不起这种复杂了
于是在瞬间归零的状态下他不再清醒了
而留给我们的
是清醒复杂又充满离愁的心思

每年

当这种心思盛满我们的脑海之时

我们会在他的坟头上清除杂草

就像清除我们积累了一年的思念一般

我相信坟头上的草

一定是他布置给我们的作业

只不过完成作业的方式

是清明时节弯着腰

敞开心扉

默默地向他报告

心 涛

我左寻右找
寻遍此刻心头跳跃四溅的细胞
也找不出一个能圆圆满满确确切切
全息映照当年心海的形容词
来描绘我过往的人生历程中
这些经典的老电影
夜风中荡起微澜轻漾灵魂的样子

那些时刻
关联着暮牛向晚时心头跃动的那份急切
关联着银幕之下盘腿而坐的半截砖头一只旧布鞋
关联着经年文化创新里的每一帧画面
哪怕一句歌一段对白
甚至影片或晒谷场一袭红裙泛起的新风

这么多年过去了
潜于骨子里的快乐记忆
有时候只需一个旧的镜头一幕发黄的镜像

就足可成就一串密码
智能开启情感之门
绵绵而至

当熟悉的记忆着上发黄的外衣
翩翩而来之时
心灵的一侧，竟然滴漏着点点酸痛
而最初那个少年
最初那个清纯的灵魂
此刻已经彻底穿越了过去
洗涤着今夜霓虹之下
多种成分互裹的心理进行时

我的家乡

我的家乡
在我古老的记忆中
亮着昏黄的灯光
爷爷在床上呻吟
奶奶心头发慌

我的家乡
在我静静的思念里
炊烟里洒下阳光
父亲在田里春耕
母亲忙活在灶房

我的家乡
在我深夜的挂念中
冷寒里裹着月光
母亲孤守着空房
老想着
父亲生前的模样

残缺的故乡

那里的人
很多已经不认识了
即使认识的人
也没那么热络了

只有村口的
那条路
那口老井
和那站着的几棵树
才知道我的来路
我的内心
我的一切

残缺的故乡
残缺到
只剩当年的影子
没有当年的身躯

五

当车轮旋过一摆光影

找 寻

行走在南下的大军里
四处张望
到处打听
为了找寻
找寻一份薄薪
哪怕脏污
哪怕劳累缠身

工作在外资的工厂里
日出而作
夜深而归
为了找寻
找寻脱胎的命运
哪怕辛劳
哪怕困顿

这么多年过去了
除了找寻职业的稳定

找寻自强后的转身
其实我一直在找寻
找寻那份初心
找寻流动党员的后盾

十九大精神的宣讲
我找到了
找到了党员的荣耀
找到了我在基层的使命
就像久别的孩童
找到了母亲
就像迷路在森林
突然间
找到了那闪耀的
北斗星

在手机里徜徉

把整个世界
都聚焦于浅短的目光
我和故乡现在只隔了层玻璃
那小红点频繁地召唤
指头轻触
就能见到千里外的村庄

孩童的嬉闹
村姑的笑靥
就在手指拨弄间
我时常看到一壶米酒
摆上桌头的喜庆
农家文友打趣怡情的欢欣
还有那穿着汉服穿越时代的老乡
以及着上旗袍的潮妈们走秀得奖的笑脸

我还能看到
村口的路灯在扶贫中点亮

见到乡村久违的月光下
驻村干部与农户人家
禾坪里促膝长谈的景象

新时代的农村
水泥路通了
自来水通了
网络也通了
路灯亮了
闭路监控环卫设施齐了
农家婆娘们房前屋后
跳上广场舞了

花丛中徜徉
周身沾满芬芳
人海里徜徉
总有几分迷茫
在手机中徜徉
看到故乡跟城市渐渐接轨
心间盈满喜悦
心头充满力量

茅河水韵

夜风里的茅洲河
在夜梦长堤的诗韵里
泛着优雅的波光

骑行，夜钓
唱歌，舞蹈
每有一种寻求快乐的姿态
都能在水里妖娆

白天的城市
像个山包
石笋般的楼宇
森林树木间节节拔高
人流车流像一串串蚂蚁
各自搬运着小小的美好

夜间的城市
才有幸福的情调

河滩上翘首
星光辉映
河滩上环目
人物风水
各自美好

当车轮旋过一堤光影

河滩，星灯耀眼
我感觉像一个明星
只是两边的粉丝是万千荻花
滔滔流水
它们同时簇拥着此刻的夜色前程
当车轮旋过堤岸的光影
我总能悟到夜光酒杯的诗情
眉头舒展得春风得意

双脚驱动的盛情
弥漫了半堤氤氲
哪里轮得上赞美
我早已怀拥
夜光里的茅风水韵

双手推开夜色的刹那
就像撕开玉帛裹包的岁月
我在岁月的星河边上

驱赶着虫鸣追逐着夜萤
谁知我悠闲的姿态，线性的轨迹
足可成就河滩的个性
不要再问我前行的动机
一江茅河的美丽
足可撼动春风十万里

车流，人流，河流

左侧，车流
右侧，河流
稀疏的人流里
我骑着车儿顺风穿梭

汽车轰鸣的交响
漫过草木漫过绿道漫向河流
震荡起一江柔波
漾散而去的水纹
轻舞水袖
于灯火阑珊处
江枫渔火里
泛起清幽

车流，河流，人流
茅河意象宏阔
夜风
撩起她的秀发

水韵
衬起她的娇柔

骑行绿道
仿佛夜风中蛙游
俯身抬头间
听到车河的交响
嗅到茅河的暗香

廊桥飞歌

何止九曲，何止十八环
茅洲河畔的廊桥
回环折转
架过草地架过河流
像开在左岸的玫瑰一朵

她们是歌手
在手机屏里
咏唱着他人的恋歌
自己的爱情
伴随着轻柔的夜风围圈的粉丝
廊桥飞歌，廊桥遗梦

白天的疲惫
足可撑起夜幕下的声嘶力竭
追梦路上
有时候自嘲和放纵
也是一种给明天的精心准备

垂钓深沉

入夜，茅洲河垂钓者很多
一蓬蓬蒿草
总让我想起青纱帐
身着防蚊衣
潜于草丛的样子
又让我想起游击队
只不过
他们的武器是钓具
与鱼为敌
老想着长线一放钓大鱼

蹲在河边的夜钓者
兴许半个晚上，只能发现敌情
却诱捕不到敌人
然而
那种屏声静气的修为
跃然于轻拂的夜风里

沿河的星灯落于水中

晃荡着少年往事

鱼儿在水的柔波中

泛起细细的浪花

此刻，若再点上一支香烟

萤火般忽明忽暗的样子

他们的深沉啊

绝对能扎根大地

绵延十里八里

歌声唱给鱼儿听

夜幕下的河堤
网红的歌声
漾动河心的波光艳影
那水瓣样逸散的诗意
逗起鱼儿的食欲
啜一口夜露
尾动着肆无忌惮的欢欣

月初
月亮还未敢露脸的日子
黄灯十里
晕染着
荻花的浪漫流水的倩影

河畔的歌者
夜风中
肆意唱起月儿的摇篮曲：
月亮月亮，你别睡哎

迷茫的人他已酒醉
思念的人，已经不在
虚伪的酒再也不接

深圳的冬天

我今天还开了冷气
设定 23 摄氏度
伸出手
探摸一下空调风口
找寻下北方初雪飘飞的冷意

头脑里的雪花
竟然落在塞北
落在燕山夜话的哨亭
那时候的我
满身裹满军绿
枪头刺刀的寒光里
严肃的表情
包裹起所有的椰风海韵

深圳的簕杜鹃
这个季节开得格外嫣红
今日立冬

竟然在我微闭的双眼
我的冬雪记忆里
开出轻轻盈盈飘飘洒洒
雪白血红的诗意

一帘霓虹

一帘霓虹

勾走城市星光

灿烂吐蕊处

粘着打着旋儿的忧伤

谁说那杯光斛影处

红颜一定尽欢

一把旧吉他

拨弄着花桥流水

小小新娘花前

诉着寸断的柔肠

消 夜

昼是一种劳累
夜是一种调节
生蚝和活鱼的炙烤里
吞下一口口冰冻的酒水
这迷人夏夜
和着彪悍的青春
和着蠢动的欲望
一起消遣

夜，是一块黑色的遮羞布
你把它彻底撕碎
不是一个流氓
便是打着响指
歪吹着口哨的阿飞

今 夜

啤酒的杯光
晃动着琥珀的原色
月光的清辉里
斑斓着竹影的羞涩
这凉风习习的夜晚
我的心中怀揣着一朵彩云
接下来的日子全是天晴
今夜
我不想告诉任何人

大道光明

清晨，当时间谷的指针指向七点半
去内衣基地模具基地的车河里
涌动着一群群赶班的"锦鲤"

当茅洲河的锦鲤儿
轻咬着倒映的白云
南光高速龙大高速的倒影里
川流着一条条"活龙"
当广深港高铁"活龙"
驰奔光明
红花山的花儿正艳
振明路上的霓虹
闪烁着万紫千红

光明的颜色，有白色
晨光牛奶的白
白透一碗老字号下村濑粉
楼村的万亩荔枝

一骑红尘妃子笑
明眸善睐皓齿鲜

光明的颜色，有黄色
甜玉米的清香裹满阳光
十里花海的金黄
晕染乳鸽烧猪和腊肠

光明的颜色，有绿色
牧场如碧，荔林苍翠
微马冲刺里，青春奔放
光明水库的万顷碧浪
漾满湖光山色

光明的颜色，有红色
红旗飘飘金辉路
映红义工的脸庞
东宝学堂
燃着东江纵队的火光

多彩的土地
苦雨将沧桑染色
麦氏大祠堂

记载着五百年的武烈智勇
陈仙姑祠
陈述着百年的良朴坚韧
白花洞的碉楼，守望家园
麦氏古墓群，宿国流芳
白花洞的革命烈士
纪念牌上光芒永放

缤纷街道
穿越小巷的过往
玉塘连马田，榕树成荫
新湖的光泽里
飘来凤凰落桐的剪影
公平明理的公明
凸显光明人文精神

光侨连新玉，周家接华夏
根玉近松白，楼明好观光
公明东西南北环，
勾连起民生松福，风景长春
交通四通八达
小区网格分明

深圳北部中心
诞生国际一流科学城
高楼玉立，鳞次栉比
中山大学的光环里
光明小镇凤凰城中山七院
交相辉映
华星光电天安云谷星河世界等
引领亿万产业群

当地铁六号线十三号线驰骋
地铁连高铁，地铁连机场
地铁通大学
科学光明，科技光明
引领新城疾速腾飞

夜风中，立于红花山顶
放眼夜色中的光明
流光溢彩的，除了车河
还有火树银花
还有熠熠生辉的楼宇

这五光十色的辉煌
起源于蛮荒土地

这风雨七十年的洗礼
源自栉风沐雨

四十年奋斗打拼
外来工的汗颜
浸润着春天的故事
簕杜鹃的花容
吐露大湾区的生机

新时代
光明与时俱进
我与光明俱进
前途
一派光明

石岩湖

漾在记忆里的石岩湖
就是一个大大的水库
有温泉有马道
有露天泳池和情人岛
有悉尼歌剧院式的建筑
还有靶场碰碰车
"爱"字特写的山坡

当记忆快进到现实
今天的石岩湖何止一个湖
辽阔的梦想兑现着山河湖城
兑现着体育山庄环湖环山绿道
兑现着美丽清新
休闲与康养

花枝簇拥着草地
鸟语缠绵着花香
绿道回环在林密深处

寺院的佛前供奉着满腹虔诚

当青春的涌动波及湖光
大湾区的热流
带动着的
是一座鲜活的城市
一个个奋斗者冲锋的身影

湾区青年

无论香江的紫荆
濠江的映日荷
还是莲花山的箣杜鹃
汇聚一起
绝对是湾区的风景

就像湾区青年
姹紫嫣红的青春
这似火的能量
能彻底点燃大湾区的激情
他们是蓬勃的
他们是澎湃的
他们是敢立潮头的

大潮起珠江时
已然见证过东方风来满眼春
勇当排头兵时
春天的故事里仍然拱动着生机

我们都是奋斗者

金秋十月，石岩湖边

绿道青翠

昂扬着追梦的身影

点亮光明

青春的汗水和泪滴
滑落在岁月的长河里
那条长河
澎湃着激情的热血
几朵浪花
在人生的映像里
绽放在枝头
绚烂着年华

昨夜的雨滴
在清新的晨风中
沾满晓露
滋养着我的容颜
曙光缕缕
晨阳的火红里
大胆地点亮光明

奖 杯

故事，栉风沐雨里
穿透阳光
心灵，煎熬的阵痛里
辗转着不眠的夜晚

我把整颗心整个人
都交给了这座城市
来时，弯弯山道
印记着走出乡关的誓言
城市的闪烁霓虹
晃过曾经的愁容

晶莹的汗滴
湿透年轮的苦痛
苦痛的年轮
遗漏着曾经的笑容

喜悦，春风拂面

渗透离愁的心思
花红的日子
高兴得踩碎一地月光

我手举的这尊奖杯啊
鲜花之上
滴流着吧嗒吧嗒的泪水
此刻音乐响起
掌声雷鸣
少年，致敬的对手礼
高高地举过头顶

喜 讯

今夜
秋风报着信儿
秋雨沙沙作响
篱杜鹃沾满雨露
老榕树的叶子
闪着激动的泪光

今夜
黄莺出谷，游鱼出听
鼓乐齐鸣，弦歌绕梁
在万众欢腾的交响里
月亮，探出头来
茅洲河，泛起春潮
红花山头，山花怒放

后 记

复杂的情感在诗歌里开了花

——《如沐春风》后记

沐 青

无论你是公职人员，还是企业家、外来城市建设者或自由职业者，在我们的人生历程中，许多时候有不可与人言说的心理渴望，尤其在静气平心、夜深人静之时，尤其因情感冲突强烈冲撞你的心怀，而极想寻找心灵的港湾又极想寻求解脱之机，这个时刻，诗歌恰是你最好的灵魂安慰剂，确能与你个性化的心灵不可言说不便言说的心思坦诚对话，并置换出一种心气和平甚或怡然自得继而勃发生机。

沐青，多年来就有这种强烈的心理冲动、个体初心和文学情怀，想通过让普罗大众看得懂、悟得透的言语，表达某种情感、某种意境、某种生活的片段、感悟及心灵体味，来让你的心灵与我一一相应，继而引起共鸣，达至平复与释放。于是沥数年心血，结集而成《如沐春风》诗歌文集，若能由此给你的灵魂洗洗澡，焕发春风拂脸之气，当荣幸之至。

我，一个普通的外来城市建设者，一个普通的退役军人，一个普通的企业管理者，一个普通的"文学票友"，身份之平凡与绝大多数都市奋斗者相近。在某个城市的拐角处、某个霓虹闪烁的街头、某个马路边边、某个职场一隅，你都会看到我或与我极其相似的身影。但是作为城市奋斗者的我，一直想透过文学的力量，透过诗歌语言，来表达我对这个时代的亲历见证、深刻领悟和由衷赞美。

许多时候，我刚毅的外表里面心是孤独的，正如我的《故事》：

时间的缝隙
藏着疼痛的汗珠
故事沉重，能压弯岁月
夜半歌声里
花朵在心坎上摇曳
心，被无数支利箭射中
沥出殷红殷红的血
世界已摇摇晃晃
一朵不起眼的黄花
此刻，如此秀美

正因为有这种孤独的深刻体验，才能讲述你或他乃至我们，日常人生中最核心的孤独，诚如国内重量级诗歌评论家刘阶耳教授在本书序文中之经典总结《他讲述我们中心的那份孤独》。

许多时候，我的心又是明媚和振奋的，恰似《一朵桃花》：

这人间春色
纷繁
且不说紫云英的倩丽
且不说蝴蝶兰的清雅

光这一朵桃花
足以让我拨亮
春天的灯盏

许多时候，我的心跟你一样，又是多愁善感的：

年的拐角处
落满风霜
火苗的升腾
最多能煮沸一夜的渴望
他们都很守规矩
他们都走不出规矩
就这么年复一年
愁情在灶眼里冒着烟
颧骨在火光中高了两公分

还有很多时候，面对距隔千山万水的故乡和至尊至爱的亲情，我的心又是沉重的：

透过舷窗望春
春在地上
我在天上
隔着车窗望春
春在路上
我在车上

蹲在坟前

春爬在草尖上

父亲在草堆里

我闭上双眼

父亲走进心里

春天一片漆黑

当然，身为诗人，我的心时而又是浪漫而超脱的，诚如《今夜》：

啤酒的杯光

晃动着琥珀的原色

月光的清辉里

斑斓着竹影的羞涩

这凉风习习的夜晚

我的心中怀揣着一朵彩云

接下来的日子全是天晴

今夜

我不想告诉任何人

当多种复杂的情感甚至是对立矛盾的情感交织于心时，我便有了表达的冲动、写诗的欲望，于是在业余闲暇在微信朋友圈，常常直抒胸臆，表达诗情画意、个人情怀及时代心声。

我隔三差五在朋友圈发表诗歌浅文，许多时候完全是即兴而发一气呵成，甚至字里行间还夹着个别错别字，即使这样，却每每收获众多美赞，这很让我感心动怀，许多朋友（当然也可称之为读者或粉丝），经年坚守阅读并点赞留言，这更加让我坚信沐青诗歌的可读性和赋能力，同时也让我拨冗而坚守诗歌写作，坚定对文学的敬意。

在我眼里，没有什么诗歌流派，只要短言短语，有意境有画面，显哲理彰禅性，陶冶心灵赋能人生，就是诗歌。我用片言只语与你对话，许多时候以白描的手法状写诗文，以即兴的方式速描意境，以沐青个性化十足的风格，解读你的心思我的心思。唯愿我的努力和不懈，为你击鼓催你奋进，这就是我的写作初心，或许也是你我之间红尘之中的一份珍贵的缘份。

茫茫人海中，我是哪一个？大千世界里，无须认识我。当你有心读罢《如沐春风》全文而如沐春风时，我就是你贴心的朋友。

沐青，在深圳市光明区，以诗歌的名义，向新时代如我一样的千万级外来城市建设者致敬，向如我一样的五千五百万退役军人致敬！

国内知名的文坛朋友说，《如沐春风》这本诗歌集，或是自国家退役军人事务部成立以来，全国首本由退役军人写的退役军人赋能诗集。

若此，我将备感荣耀，心头如沐春风。

2021.11.26 于深圳市光明区